オレンジの香り漂う中で

中村 椿
Tsubaki Nakamura

文芸社

目次

オレンジの香り漂う中で

その知らせを聞いたのは二〇一七年五月。なぜかわたしは冷静だった。来る日が来たのだと、穏やかに受け入れることができた。新緑の爽やかな風が吹く少し寒い季節だった。理解し合えないいままもう二度と会えない人。人生の中の多くの時間を会社で過ごし、仕事は大きな割合を占める。職場とはどうあるべきなのか、どうしたら良いのか、考えさせられた。迷い、悩み、濃厚な日々であった。

世の中には、本人が努力してもうまく生きられない人間がいて、人生とはなんと過酷だろうと、見ているこちらがいたたまれなくなる、そんな人がいる。そういう人ほどふとした瞬間に思い出したりして、胸が痛くなる。自分の中で抹殺しようと試みた。その度に「忘れていいのか」と、体内から叫び声が聞こえる。わたしにとっては、忘れられないでいるよりも、忘れることの方が辛いのである。

そしてわたしの耳には、あの時の電話の音がいつまでも鳴っている。携帯電話の画面に名前が出ていた。わかっていて出なかった。最後の電話になるとは知らずに。

衣料品の縫製工場に九年程パート勤めをしていた。L社という。中小企業としてはそれなりの規模である。主に作業服の縫製、洗濯、仕上げ、梱包などの工程を経て、出荷する。わたしはこの仕事にやりがいを感じていた。工場内に広がる業務用洗剤のオレンジの香りも好きだった。仕事を離れてから随分経っていて、時代も変わっているので現在とは違うかもしれないが、業務用洗剤は洗浄力と濯ぎ力を重視するため、汚れ落ちが強いアルカリ性。家庭用洗剤は安全を重視して弱アルカリ性か中性。

わたしは退社する二年前くらいから体調を崩し、アレルギーを発生してしまったのが原因で辞めるのだが、ここで出会った人々は、良くも悪くも癖の強い人ばかりだった。世間では通用しなくてここを最後の砦にしている人、何をしに会社に来ているのかわからない人。圧倒的に年配の女性が多く、三十代後半のわたしが若いと言われるくらいだった。

傍で見ている分には面白い。しかし組織の中にいれば嫌でも巻き込まれる。仲のいい人ができれば尚更だ。

1班はわたしを含めて十二名いた。わりと和気あいあいとしていて人間関係の良好な部署だった。作業工程順に1班から5班まであって、たいていどの部署にもいざこざがあるらしく、1班で良かったと思っていたのである。そんな頃、時々一緒に帰っている福田さんから、ある人の話を聞いた。福田さんは3班で、同じ班のその人のことが嫌いだという。態度が悪いとかしつこいとか話していたが、その時はまだその人のことを知らなかったので、ふぅん、ぐらいの反応しかしなかった。わたしがあまり反応を示さなかったせいか、福田さんはつまらなそうにした。で、いつもの質問になる。

「今日の夕飯、何するの？」

何だっていいじゃないかと答えたくなる。

「今度の新年会どんな格好して行く？」

「会社のアンケート、なんて書いた？」

福田さんには幼稚な部分があるのだ。失礼だけれどはっきり言ってしまうと、あまり頭のいい人ではない。会話していても、金魚の糞みたいに誰かにくっついている姿からも、それは見て取れるのであった。

3班のリーダーがきつい性格の人だとは知っていた。ある日福田さんはリーダーに怒られたのだ。3班のメンバーもわたしと同じことを感じていたのだろう。

「ちょっと目を離すとすぐお喋りをする」

「あの子はバカだ」

おばさん達のパワーは凄いからすぐに工場内に広まる。当然、わたしの耳にも入ってきた。福田さんは憮然としている。

〝ヒステリーみたいな言い方するんだよ。あの人イヤだ〟
怒られて頭に来たのはわかるけれど、あなたにも悪いところがあるのだから仕方ない。やんわりと言ってあげようかと思ったが、今度はわたしにああ言われたこう言われたと、周囲に言い触らすのはわかっていたので、黙っていた。自分が誰かの悪口を言うのは構わないが、自分の悪口を言われるのは気に入らない。福田さんを含めて多くの人がそうだと思うけれど、それは虫が良すぎるのではないか。言ったり言われたり、そんなの当たり前である。

悪口陰口はいけません。正しいように聞こえるが、言わない人に会ったことがない。もちろん誹謗中傷はいけない。嫌いだからといって、悪く言うためには、どうでもいいくだらないことまで言ったりするのは最低だ。けれども、自分と同じ考えの人ばかりではないのだから、批判したくなる時や不満を言いたくなる時もある。それを悪口だの陰口だのと言われては何も言えなくなってしまう。嫌なことをされたり意見が合わなかったり、日常の諸々、誰かに話したくなるではないか。自分が人のことを言う以上、人も自分のことを言っている。そんな簡単なことがどうしてわからないのだろう。

このの後、福田さんには呆れる出来事が多くなっていくのだった。3班のリーダーは性格も言い方もきつい人ではあるが、仕事に関しては間違ってはいなかった。真剣に取り組んでいたし、観察力もある。ヒステリーだと思われたのは、自律神経の調子が良くなかったからである。


1班での仕事は楽しかった。入荷から始まり、ポケット検査、仕分け、ハンガー整理が主な作業である。トラックから荷物を降ろす。一箱ずつ空けて一枚一枚全てポケット検査。バーコードチェックをし、仕分けしていく。スピードが求められるが、それよりも正確さが第一である。チームワークがいいので、できない人がいても、うまくフォローしながらやっていく。やりやすいメンバーだった。

八年間パート勤務していた典子さんが定年退職することになり、G駅の居酒屋で送別会をやる運びとなった。居酒屋へ行く途中メールが来た。福田さんからだった。福田さんは自転車通勤していて、いつもこの駅を通っている。駅ビルでお惣菜を買っていたら、村本さんに会ったという。同じ3班で嫌いだと言っていた人だ。メールは続く。

『村本さん、誰と一緒にいたと思う？　浜口さんだよ。あの二人付き合っているんだって』

文字がこんなに面白いネタはないと語っている。絵文字たくさん。

『びっくりしたよ。どう思う？　あの二人が付き合っているの。会社で二人がよく話しているのは見てたけど、まさか付き合っているとはね』

福田さんに見られたのはまずかったな。明日には会社中に広まっているに違いない。

案の定、翌日社内はその話で持ちきりであった。一人に知られたら全員に広まる。社員の耳にまで届く。村本・浜口カップルの話題がここまで盛り上がる訳は、ただの恋愛ネタではなかったからだ。ひとつは村本さんが浮いた存在になっていたこと、もうひとつは、浜口さんが工場を仕切っているおばさんと仲が良かったこと。そのおばさんは大熊さんといって、パートの中では最も長く続けている人である。社員ともかなり仲が良く、特別扱いされている面もあり、反感を持っている人もたくさんいたが、本人は〝先導できる立場にいる自分〟に満足しているのだった。

大熊さんは浜口さんを息子のように可愛がっていて、ずっと昔から知っているから、気に食わない村本さんが恋人になったこと自体面白くないのである。厄介なおばさんは数々いるけれど、若者の恋愛に口出しするのは見苦しい。

大熊さんを見ていると、L社の悪しき習慣が浮き彫りになる。社員の中には大熊派がいて、工場長や部長といった偉い人も大熊さんとよく飲みに行っていた。飲みに行った翌日、必ず大熊さんはそのことを喋る。元々声が大きいから、お昼休みや三時休憩の時、みんなに聞こえてしまうのだ。あるパートさんは、

「あれは聞こえるように言っているのよ。社員と仲がいいんだって言ってるの。大きい声出すのは自分に注目してほしいのよ」

と言っていた。部長にしてみれば、普段あまり工場へ行かないから、工場の様子を知るためにパートさんから聞く必要がある、という理屈らしい。工場の様子を知りたいなら、いつも同じ人の話だけ聞いていても、本質は見えないと思う。大熊派以外のパートさんからも聞くべきではないのか。

パートにも色々なタイプがいる。大熊さんに付けば得だと思って持ち上げる人。本当は良く思っていないけど賛同する人。ごくわずかだけれど、自分を見失わずぶれない人。わたしは入社して三、四年くらいまで、社員に対していい印象を持っていなかった。自分の都合で発言をコロコロ変えたり、すぐにバレる嘘をついたり。何よりもいちばん嫌だったのが、社員同士の連絡ミスで作業に支障を来《きた》しておきながら、作業者のせいにされることだった。その社員は、大熊さんにおべっかを使っている人達である。たぶんわたしが入社する前からこんな具合だったのだろう。やがて新入社員や退職者や人事異動で、少し状況が変わってくる。

わたしは福田さんからのメールを再確認した。このメールの翌日には社内に知れ渡っていたということは、同じ日に同じ内容のメールを数人に送信していたということになる。その数人が会社の人達に喋ったのだ。わたしが朝会社に着いた時には、もう話題になっていたから。福田さんといいその数人といい、口の軽さには呆れる。人の口に戸は立てられないというが、速過ぎないか。いずれ皆に知られるとしても、あまりにもデリカシーがないと思う。

福田→数人→全員

この図式には法則があるのだけれど、それは後々判明する。そしてそこには必ずある人物が存在するという事実も。こうしてわたしの戦いが始まるのだった。

自分の意思に反しても戦わなければいけない時がある。元々マイペースな人間で、戦うとか競うとか興味がなく、ましてや、自分の評価を上げるために人を貶めるなんて思いもつかない。しかし自分がやられた時、黙っていたら潰されるのだ。否が応でも戦わなければならないとは試練である。

忘れられない人

2班は洗浄・乾燥部門で、男性社員が作業をしている。勤務歴十年の谷さんという人がいて、2班のリーダーだった。最近、谷さんの様子がおかしいという。ちょっと何か言っただけですぐ怒鳴る。頼み事をすると即、断る。とにかく怒りっぽい。前はそんなことなかったのに、何かあったのだろうか？　パートのおばさん達は、〝あれじゃ仕事の話もできやしない〟と腹を立てている。とはいうものの、朝、おはようございますと挨拶すると、ニコニコしながら返してくれるので、たぶん仕事中は忙しくて殺気立っていて、機嫌が悪いのだろうと思っていた。谷さんの身に何が起きていたのかは誰も知らなかった。

しばらくして彼は休みが多くなった。二、三日休んでは出社し、四、五日休んでは出社し、時には一週間休んだりする。ある日を境にしてとうとう出社しなくなった。

一ヵ月ほど経ち、工場長から報告があった。谷さんは一ヵ月間家に帰っておらず、連絡もない。携帯電話も繋がらない。家族が捜索願を出したと。数日後、L社の近くの川で遺体となって発見された。なんということだ。ニコニコしていたじゃないか。普通に挨拶を交わしていたじゃないか。真面目に十年も働いてきたのに……。

あるパートさんが工場長から聞いた話である。谷さんは重度の鬱病だった。体に石を巻きつけて、自分の腹を包丁で刺して、川へ入っていった。わたしは彼のことを何も知らなかったのだな。数年間一緒に仕事をしてきた。週に何度も顔を合わせていた。怒鳴るエネルギーがあるのだから元気なんだ、なんて思っていた。

ショックのあとになぜか憤りのような感情が湧いてきた。谷さんのお兄さんが勤務している。珍しいけれど兄弟二人同じ職場にいる。L社には谷さんのお亡くなった時の状態をペラペラ話すのはなぜだ。御家族はそんなことを第三者に知られたいだろうか。しかも工場長という立場の人間が、平気でパートに喋るとは。御家族と一部の社員だけが知っていればいいことだと思う。谷さんのことを想うのであれば、悲惨な亡くなり方をした内容をあちこちに言わない、せめてそれくらいの気持ちがあってもいいと思うのだけれど……。

以前にこんなことがあった。ある女性パートが離婚したのだが、上司以外には誰にも話していなかった。ある時、事務所の机にその人の書類が置かれていたのを、男性社員が見つけ、その人と仲のいいおばさんに喋ったのだ。仲のいいおばさんは初耳だったので、本人に直接聞いた。本人は、社員が個人情報を喋ったことに対して怒りとショックを受けていた。当然である。本人は時期を見て、仲のいいおばさんにだけ話そうと思っていたらしい。

ここで疑問に感じるのは、まず、情報を得たからといってすぐに喋る無神経さ。次に、仲のいいおばさんだから知っているだろうと勝手に思い込み、プライバシーを安易に喋る軽薄さ。工場長といい男性社員といい、この会社の社員教育はどうなっているのだろうか。

谷さんの件も、わたし達パートが詳細を知る必要はないと思う。御家族が自ら話してくれたというならまた別だけれど、たとえ上司と仲良しのパートさんがしつこく聞いてきたとしても、そこは毅然とした態度を取るべきではないか。社員とパートの関係がなあなあになっているから、だらしない会社になってしまうのである。

鬱病になったのは何が原因なのだろう。どんな悩みがあったのか、追い込まれていたのか。

ＷＨＯ（世界保健機関）の調査によると、鬱病患者数は日本で約五百六万人、世界で約三億人を上回る。うち、自殺者は年間約八十万人といわれる。十五人に一人、生涯に一度は鬱病にかかる可能性がある。まだ謎が多く解明されていないが、人間関係のストレスや環境の変化、幼少期時代の体験によるらしい。悲しい出来事だけでなく、出世とか結婚とか嬉しい出来事でも起こるという。また、会社の月一回の合同朝礼の話では、女性は女同士で色々お喋りしてストレス発散にもなっているが、男性はあまり人に喋らず自分の中にしまい込む。自殺者数は男性の方が多い。

谷さんは仕事の悩みがあるようには見えなかった。パワハラや過労はないと思うが。毎日だいたい定時で上がっていたし、繁忙期以外は、会社が無駄な残業などやらせない。しかしどれも表面的なことでしかないから、真相はわからない。仕事とは関係ない個人的な問題だったとしても、何かあるなら誰かに相談できなかったのかなと思うけれど、人の心はわからない。

わたしは、谷さんは病死だったと思いたい。病気が谷さんをあのようにしてしまったのだ。治らない病を受け入れ選んだ結果なのだと思いたいのだ。だから何も言うまい。わたしの知っている谷さんは、いつも笑顔で挨拶を交わす人、真面目に働く人。それでいい。

一ヵ月程過ぎた頃だったか。近藤さんと一緒に帰っていた。

近藤さんはわたしより少し年下だけど、老けて見える女性だ。初めて会った時、年上だと思って敬語を使っていたら、見た目より若いと知り、なんでおばさんみたいな格好するのだろう、もっと可愛くすればいいのにと思っていた。誰だって自分を磨くことはできる。色白で顔には吹き出物ひとつない、きれいな肌をしている。よく見ると、洋服はいいものを着ている。高級なデパートとかで売っているような。趣味がババ臭いだけなのだ。

美しい字を書く。働き者である。でも会社の人は誰もそういうところを褒めない。なぜならかなりの変人であるからだ。ゆえに悪口を言われ、バカにされる。冷たくあしらわれたり、きつい言葉を浴びせられることもしばしばある。けれども、心優しい一面があった。帰り道、近藤さんは涙ぐんでいた。

「まだ一ヵ月しか経っていないのに、みんな谷さんのことを忘れて、平気な顔して笑っている」

こういう一面を会社の人達は知らない。近藤さんの気持ちはよくわかる。同じことを思っていたから。わたしは言った。

「そうだけど……。ずっとそのことだけを考えている訳にはいかないんだよ。仕事は続くし、自分の生活もあるし。笑って日常に戻ろうってみんな思ってるよ。忘れた訳じゃない……」

言いながら寂しくなった。本当に忘れないでいる人はどれくらいいるだろう。わたしは近藤さんを嫌いになれない。

自ら命を絶つとは、どういうことなのだろうか。人は、生まれて、生かされ、生きる。もしもわたしが死んだら悲しむ人がいる。ありがたくも幸せである。

現在、わたしは親を介護している。親より先に死ぬ訳にはいかない。生きたいとか死にたいとかの前に、生きなければいけない、死ねない、今は。その一方で、自死は罪悪なのか？　間違った選択なのか？　そう言えるのか？　と考えあぐねる。死にたい訳でも、自死を肯定するのでもない。生まれてきたら最後まで生きる。それはきっと誰もがわかっている。それでも自殺者は後を絶たない。いくら考えてもわからない。ただひとつだけ、自分の中で決めていることがある。

『自死を選んだ人に是非を問わない』

他者に向けての言葉ならなんとでも言える。弱かった、逃げた、負けた、楽な道を選んだ……。わたしは言いたくない。言わない代わりに考える。答えが出なくても考える。社員同士でもっと協力し合うことはできなかったのか。各班のリーダー達で情報や作業を共有することもできたのではないか。課長や係長はなぜ普段から現場を把握しようとしない？　あとになってから盲点に気が付く。亡くなられた方達はあの世から我々を嘲笑しているだろう。

近藤さんと二人でホテルのバイキングに行ったことがある。それまでに彼女から仕事の話を何回か聞いていて、いつも途中で終わっていたので、一度ちゃんと聞いた方がいいと思ったからである。ファミレスでもカフェでも良かったのだけれど、どうせ行くならいいものを食べに行こうとなって、決めたのだった。カニが食べ放題で、わたしは不器用だけど彼女は器用にうまく食べていた。下手くそで手間取っていたら、食べ方を教えてくれた。カニを食べている間は二人とも静かだったけれど、他の食べ物に移ると話し始めた。

数日前に工場長に怒られたという。仕事中に暑かったので帽子を脱いだ。ほんの少しの間だったが、工場長に見つかった。本来なら仕事中に帽子を脱いではいけないのだが、頭が蒸れて痒くなる時もある。

彼女がいちばん腹を立てているのは、他にも脱いでいる人がいるのに、その人には言わない。自分だけに言う。ずるい。同じように怒ればいいじゃないか。気に入っている人には甘く、気に入らない人には言わなくてもいいことまでガミガミ言う。おかしいでしょ。

その通りである。でも彼女が何か言っても相手にされない。〝変な人〟という先入観で見るから、聞き入れようとしない。特にあの工場長では。悪い人ではないのだけれど、人の上に立つ者としてはふさわしくないのである。なぜあの人が工場長になれたんだろうねえ、とパートはおろか、社員もほぼ全員といっていいくらい評判が悪かった。パートのおばさん達は結構辛辣で、

「あれだったら誰でも工場長になれるわよ」

「上司にいっぱい贈り物でもしたのかしらね」

など毒を吐いていて、そうかもしれないと苦笑してしまった。

そのうち近藤さんは、常識では理解できないことをやらかした。

ある日突然、勝手に人の家に訪ねてくる。何のために来るのかわからない。招待されてもいないのに、予告なしで来る。どうやら人の会話に聞き耳を立てていて、誰が○○駅に住んでいるとか、会社の近くのマンションにいるだとか、記憶していたらしかった。わたしの家にも来たことがある。どうやって家がわかったのか聞いてみた。最寄りの駅まで来てから、商店街の店の人とかそこらへんの人に、〝中村さんの家はわかりますか?〟と聞いて回ったという。みっともないったらありゃしない。こっちが恥ずかしい。家には上げず、玄関で話をして、帰っ

てもらった。相手の都合も考えて突然来ちゃいけないよ、と忠告した。

他のパートのおばさんの家を訪ねた時には、

「こんなことするから嫌われちゃうんだよ。非常識なことするんじゃない。迷惑だよ」

と、きつく言われ、追い返された。こればかりは近藤さんが悪いのだからしょうがない。また別のおばさんの家では上がらせてもらい、お寿司をごちそうになったというから、怒るどころか笑ってしまう。

そして次の訪問先予定は男性であった。わたしは事前に彼女から話を聞いていた。

「今度ね、青木さんの家に行くの。青木さんが誘ってくれたんだよ。遊びにおいでって」

危険だ。青木さんは中年の独身者である。見た目も垢抜けないし、清潔感がない。明るく振る舞ってはいるが、逆にそれが気持ち悪さを感じさせる。だいたい自分の恋人でもない女性を家に誘うなんておかしいだろう。

「絶対に行ったらダメだよ。相手は男なんだよ。いそいそと行くなんて、何されてもいいってことになる」

わたしは強く言ったけれど、近藤さんは口を開けたまま黙っていたので続けた。

「意味わかるよね？　自分が女だってことわかってるでしょ」

まさかとは思うが一応念のため聞いた。

「青木さんのこと好きなの？」

やっと口を開いた。

「好きじゃない。あんなのイヤだ」

「じゃあ、ちゃんと断って」

理解できん。理解できないけれど、彼女の感覚はたぶんこうなのではないか。

好きかどうかといえば好きではないけど、せっかく誘ってくれたのだから行くの、何が悪いの？　あるいはただ嬉しかっただけなのかもしれない。普段誰も誘ってくれないから。男性とか女性とか関係なく、人付き合いというものをしてみたかっただけなのかもしれない。

結果、わたしの忠告を聞いてくれた。注意すれば素直に聞く人なのだ。

働くことは生きること

医学の進歩で様々な病気が解明されてきた。数年前まで世間ではあまり知られていなかった自閉スペクトラム症、発達障害や学習障害など。はっきりそうだと断言できなくても、それに似た症状の人や、本人が気付いていない場合も多いらしい。

わたしの知人はアスペルガー症候群である。日常生活はできるものの、働くことができないので、経済的には苦しいと言っていたけれど、一人でやり繰りしながら生きている。働くのが難しいのは、音や臭いや触感に敏感過ぎて、アレルギーを引き起こしてしまうからだ。人間関係もうまくできない。相手の気持ちを考えることができないのである。周りに迷惑をかけている自覚もないし、自分のどこが悪いのかわからない。専門的なことはよくわからないけれど、生きていくのが困難な人はこの世にたくさんいる。健常者でも不器用な人はいて、障害があるかないかにかかわらず、生きるとはなぜこんなに大変なのだろうと思う。

人から見ればわたしが変かもしれない。自分が正しいと主張している人がおかしいかもしれない。L社には、本人がどう努力しても報われず、難儀する人達が多かった。

平井君と江川君は、〝足りない〟とか〝応用が利かない〟とか言われながらも、おばさんには可愛がられていた。二人とも所属は1班で、わたしと一緒に仕事していた。働き者で何事も一生懸命、滅多に休まない。平井君はお給料をほとんど貯金している。将来、家族が平井君の面倒を見られなくなった時に施設へ入れるように、御両親がお金の管理をしてくれている。人懐っこいところがあり、パート全員の名前をフルネームで覚えてもいる。朝の出勤時間帯に、よく会社の前に一人でいるのを見かけたけれど、〝今日は○○さんが来ていません〟と報告するのには驚いた。この記憶力は生まれつきなのか、身に付けたのか。ただ、興奮すると、〝みんな死んじゃえ！〟〝こんな会社潰れちゃえ！〟と叫び出して、しばらく収まらない。そういう時はそっとしておく。そのうちケロッとして普段に戻る。

1班のおばさんが言っていた。

「平井君は、意見は言えるのよ。ああした方がいいんじゃないですかって言ってくる。よく聞いてみると、その通りだって思う時もあるんだよ。おかしいと思ったら意外と利口で、利口だと思ったらやっぱりおかしいのよ」

以前、仕事中に腰を痛めて、呼吸が苦しそうだったので、早退して病院へ行くように勧めた。けれど仕事を続けていたため、社員が強制的に早退させた。次の日、平井君は出社していた。ぎっくり腰でコルセットを着けているというではないか。こんなにしてまで来なくても……。こういう時はゆっくり休んでいいのに。この日は重たい物は持たせずに、無理させないように、周りが見守っていたのだった。

江川君は電車が好きである。一人で電車を乗り継いで旅行に行ったり、いろんな路線の駅名を全部言えたりした。L社に長年いるけれど、人に仕事を教えることができない。話すのが苦手なのだ。よく独り言を言っているが何を言っているのか聞き取れない。会話する時は、多少時間がかかっても、聞く耳を持って、言わんとしていることを最後まで聞いてあげる。急がせない、焦らせない、怒らない。

忍耐力のない人は江川君の話を聞かないで、ああしなさいと命令だけして、〝言わないと動かないんだから〟と文句を言う。しかし、江川君は相手の言っていることは理解できるし、頭の中で考えて行動に移すまでの間が長いだけだ。そこでイライラしないで、少し待ってあげればちゃんと自分で動く。言わないと動かないというのは間違っている。

でもやはり困ったところもある。物が置いてあるとしよう。右側に置いてあったとする。誰かが左側に置くと、すかさず右へ置き直す。右でも左でもどちらでもいいのだけど、自分が見た時に右に置いてあったら、必ず右に置いておかないと気が済まない。また、いつも三時に荷物を運ぶことになっているとしたら、何が何でも三時に運ぼうとする。他の荷物を運んでいる最中でも、ぶつかりそうになっても、三時にこだわる。決められた通りにできないとパニックを起こし、半泣き状態になる。

「右じゃなくてもいいいんだよ」

「少し遅くなってもいいから、あとで運んで」

懇切丁寧に説明すると、納得して黙って仕事に戻る。その一方で、紳士的だったり、周りに気を使ったりする。鈍感な人間とどちらがまともなのか。

平井君と江川君は純粋で素直であるため、人の言うことを何でも信じてしまう面がある。冗談でも嘘でもそのまま信じるので、そんな二人をからかう者もいた。歩いているだけでケラケラ笑ったり、言いがかりをつけたり。

二人の違う点は、江川君は自分から人に近寄ってくることはない。呼ばれたり話しかけられたりすれば応じる。だが、嫌なタイプの人や苦手な人が近くにいる場合、1班の誰かのそばに来る。身を守ろうとしているのだろうか。自分を守ってくれそうな人、自分が嫌がることをしない人。なんとなくわかっているような気がした。

平井君は疑うことを知らないというか、相手を選ばずに自分から話しかけてくる面もあり、その人懐っこさを悪用する者がいた。声を掛けておいて、平井君が寄ってくると、わざと傷つくことを言うのである。

「昔いじめられていたんでしょ。どんなことされたの？」

「好きな子いるの？　女の子と付き合ったことあるの？」

こういう人間がL社の質を下げているのだ。しかも社員の前ではいい子になっている。1班のメンバーと話し合い、わたしともう一人、二人で直属の上司にチクッてやった。その一部を記す。

「ここは会社なんですよ。仕事する所でしょう。成人して社会人になった人間が、弱い者いじめですか。中学生並みの脳みそしかないアホなんですか」

「違う班の人がわざわざ仕事中に1班まで来て、平井君をからかっているんですよ。そんなに暇なんですか。こっちが気分悪くなる」

「1班は入荷なんだから、ここから始まるんでしょう。1班の作業が遅れたら全ての作業に影響が出る。やる気をなくすようなことを言って、仕事の邪魔しないで下さい」

わたし達は正義を振りかざしているのではない。乱されたくないのだ。今の1班を作り上げたのは、みんなの努力だ。一人一人性格の違う人間が集って、認め合い、経験を重ねて築き上げたのである。

アホどもは上司に呼び出されて、しこたま怒られたのであった。やったね！と喜びたいところだが、うわべだけ良くなっても裏はわからない。また同じことがあってはいけないので、平井君に、何かあったら上司かわたし達にすぐ言ってね、と伝えた。けれど本人が理解しているかどうか……。

三時休憩の時、平井君と江川君の楽しそうな顔を見てホッとした。誰かが悲しそうにしていると自分も悲しそうな顔をする。みんなが笑っていると自分も笑顔になる。ちゃんと何かを感じているのだ。

心は不思議なものである。自分がやられなくても他者が傷つくと痛みを感じる。むしゃくしゃしたりブルーになったりした時、オレンジの香りが心を和らげてくれた。

人間も洗濯できないかな。洗濯して身も心もきれいになれたらいいのに。

村本さんは日に日に嫌われ、近藤さんは変人扱いされながらも、意外とあっけらかんとしていた。この二人と対照的に、ちょこちょこと周りを困らせて本人も凹んでしまうユカリちゃんという女の子がいた。脳に障害があり、必死で頑張っているのだけれど、うまくいかなくてよく怒られる。怒られてばかりいるからストレスも溜まる。そういう時はユカリちゃんの言い分を聞いてあげればいいと思うのだ。

けれど可哀相なのはユカリちゃんが話そうとすると、癖の強いおばさんが、「ユカリちゃんは言わないの！　ユカリちゃんがみんなと同じようにできるようになってほしいから怒っているんだよ。意地悪で言っているんじゃないんだよ」と、遮るのである。そうは言っても、ユカリちゃんがみんなと同じにできないことはわかっているはずだ。差別ではない。この子はできないと諦めている訳でもない。この先もっとできるようになるのか、今のままなのか、それはわからないけれど、精一杯やって現時点なのだ。わたしが見る限りさぼっていないし正直である。要領よく見せておいてずるいことをしている人よりずっといいと思うが。

癖の強いおばさんは、仕事はできる。その分ずるいところがある。各班のリーダーに媚を売り、工場長にはその二倍くらい媚を売り、誰に気に入られればいいか、バカにしてもいいのは誰か見定めている（バカにしていい人なんているの？）。ユカリちゃんや近藤さんに対しては楽しそうにお説教していた。リーダーと仲良くなると自分も偉くなった気になるらしい。

だがずるいやり方は長くは続かなかった。癖の強いおばさんは、3班のリーダーの陰口を言っているのを聞かれてしまったのだ。3班のリーダーの耳に入らない訳がない。〝仲良くしているなら陰口言わなければいいのにね〟〝あの人ちょっとおかしいよ〟。周りの反応が冷たくなってくる。

実はその前から、すでにヒンシュクを買っていた。お昼の時だった。だいたい席が決まっていて、わたしはいつもの六人で昼食を取っていた。そこへ癖の強いおばさんが、さつま芋を揚げたからみんなでどうぞ、とわたし達のテーブルに置いた。そこまではいいのだが、その場から離れない。食べな食べなとしつこく勧める。六人全員が箸を付けるまでずっと見ているのである。一人は条件反射のように、おいしいありがとねと言い、別の一人はうんざり顔をし、二人は目を合わせ、わたしともう一人はテレビに目をやった。しばらくしてから、3班のリーダーに無視されていたことや、悪口を言われていたことなどがあり、挨拶もなしに辞めていった。

ユカリちゃんは仕事以外の件でも色々言われていた。帰る際、自分の靴と人の靴を間違える。しょっちゅうである。サイズの違う靴でも、小さいものは自分のものではないとわかるけど、大きいものは履いて帰ってしまう。気が付かないのかと不思議に思うかもしれないが、そこがユカリちゃんなのだ。

ある時など、工場内で人が見ていない所で転び、かなりの痛みがあったのにそのまま作業を続け、翌日足に包帯を巻いてきた。捻挫していたのである。またある時は、仕事中に体調が悪くなり熱っぽかったが無理して続け、帰宅後、肺炎で入院した。その時に言えばいいのに言わないのである。転んだことも、体調が悪かったことも、誰も知らなかった。自分から訴えなければ周囲はわからない。でもそれができない。大きなケガや事故などに繋がらなければいいのだが。さすがに周囲も心配して社員に相談したそうだけれど、相談というより苦情で、社員も頭を抱えていたらしい。

毎年十二月に忘年会パーティーを開催する。ホテルの会場を借りて、立食パーティー式のちょっと豪華な催しである。ユカリちゃんと同じテーブルになった。社員に注意されて凹んでいるみたいだった。靴に目印を付けてみたらとか、何かあったらすぐに言ってほしいとか言われたと話してくれた。そのあと、自分がこうなったのは、出産の時にへその緒が首に巻きついて脳にダメージを受けたのが原因だ、と教えてくれた。

ユカリちゃんはわたしより少し長く会社にいる。

「ここで頑張って長くいるんだから、凄いよ。続けるって凄いことだと思うよ」

わたしは言った。ユカリちゃんは、

「他に行く所ないから。どこに行っても同じだから。いられるだけいい」

と、周囲の喧騒に消えてしまいそうな小さな声で言った。

そういえば近藤さんも前に言っていたっけ。

「こういう仕事がしたかったんだ。自分にもできる仕事があった」

自分にできる仕事が、やりたい仕事になる。やりたいこととできることは違う。『特にやりたいことがないからここにいる』『向いているか向いていないかわからない』『本当は働きたくないけど生活のために働いている』。好きなことを仕事にしている人はどれくらいいるのだろう。

ある本に書いてあった。

『働くことは生きること』

仕事が全てではないけれど、仕事は人生の大半を占める。やるなら楽しい方がいい。しかし現実はなかなかうまくいかない。

L社は、障害のある方や、何かと事情のある方も応援しようという方針である。方針はいいのだけれど、実際はどうだろうか。

受け入れるのであれば、土台をきちんとしておくべきだ。ところが入ってみると、意地悪されたり怒声を浴びせられたり、応援する態勢なんてできていない。

誰でもかれでもどうぞと言わんばかりに採用して、あとになって困る。受け入れられない場合は、心を鬼にして初めから断ることもしなければいけないと思う。人手不足は承知の上で（何しろ常に人が足りない）、採用する時に人を選ばないと、変な人ばかりの会社になるのだ。L社を辞めてから数年経つが、今思い出してもおかしいと首を傾げたくなる件がたくさんある。

手の不自由な女性がいた。1班で面倒を見てやってくれという。片手しか使えないので、できそうな作業を探して、とりあえずハンガー整理をやってもらった。遅くなるなあと予想していたが、あまりに遅くて次の工程に間に合わない。誰かが彼女に教えている間、その分仕事は遅れる。手の代わりに足を使ってできる作業とか、座ってやる作業とかがあればいいけど、立ち仕事でどうしたって手を使わなければいけない。それをわかっていて手の不自由な人を採用する。

誤解しないでほしいのは、彼女に対する不満ではないのだ。わかっていて採用した会社に対してである。やっとハンガー整理を終えて、いっぱいで重くなったハンガースタンドを運ぼうとした時、転んだ。スタンドが倒れて散らばったハンガーを見て、彼女は泣きそうになって言った。

「何もできない」

残酷だ。この会社は偽善なのか。偽善は本人を傷つけ、周りを辛くする。L社は偽善社です、と名乗ればいい。結局彼女は辞めた。残念な結果になったけれど、1班のメンバーはイライラしたり怒ったりせずに、よくやってくれた。

浮気

山崎さんという主婦がいた。娘さんが二人いて御主人も健在である。背の高いスリムな、ちょっと見美人な女性だったけれど、若い男性社員と良くない噂が流れていた。仕事熱心な青年であるが、自己中心的でわがままだったので、この青年と一緒に仕事するのは嫌だなとわたしは思っていた。山崎さんより十二歳以上年下だったと思う。周りの迷惑顧みず、二人で仲良くお喋りしていたものだから、お互いに気があるのだろうみたいに言われていた。そのうち、山崎さんの方が青年に夢中になっていることが判明したのである。仕事中に自分の持ち場を離れて青年の所へ行き、仕事に関係ない話を喋り始める。顔がくっつきそうなくらい近づいてコソコソしている時もあった。青年は周りの目を気にしていたが、山崎さんはお構いなしだった。

青年が退社したあと、それほど日も経たないうちに、係長と不倫関係になっていたのである。二人の不倫関係が公になったのは、事故を起こしたからだった。

ある飲み会の席で、酔っていたせいか二人ではしゃいでいたら、係長が過って窓ガラスを割ってしまった。目撃者によると、係長は山崎さんの体に触れたりして、山崎さんはニタニタしていた。複数の目撃者がいるのと、普段の素行からいって、概ね事実なのだろう。山崎さんの御主人が妻の浮気を知り、会社に辞めさせてくれと電話してきた。なぜ御主人が知り得たのかわからないけれど、会社に山崎さんを迎えに来ていて一緒に帰っていくのを、何度か見たことがある。山崎さんはもうしないと御主人に謝り、続けさせてほしいとお願いした。しかし二度あることは三度ある。いや、二度やることは三度やる、と言うべきか。

この二人の場合はたまたま公になったけれど、社内不倫は他にもいた。色恋の話題は尽きない。

係長が異動になったのと同じ頃、他支店から新課長が来た。まもなくして山崎さんとの噂が出た。新課長が山崎さんを好きなのはあからさまであったし、山崎さんはいつも通り、人目もはばからない。ふてぶてしいのである。男性関係だけでなく、若い女性に嫉妬したり、誰かが社員に気に入られるのが面白くなかったり、自分だけチヤホヤされていたいのである。だから大熊さんとは気が合わないのだ。

二人とも自分に注目してほしいタイプである。お互いに嫌いなのは本人同士わかっていたけれど、攻撃するとかケンカするとかではなく、腹の探り合いをしているように見えた。会話する時もあるが目は笑っていない。言葉を選んで相手の反応を見る。女の醜態丸出し。年を取ったらわたしもこうなるのかしら、と心の中で思ったりしたが、触らぬ神に祟りなし。関わらないのがいちばん。

大熊さんと山崎さんは似ている。けれど、ひとつだけ大きく違う点がある。大熊さんは悪口が大好きで、取るに足らないことまで悪く言うけれど、山崎さんはあまり悪口を言わない。そこがモテる理由なのかなと、長所を認めつつも、これはダメでしょと非難せざるを得ないことをやるから嫌になってしまう。

L社は常に人手不足。募集しても全然来なかったり、入ってもすぐに辞めたり、いつもギリギリの人数でやっている。パートの子供さんや知り合いなど紹介してほしい、と会社から告知があった。夏休み期間の契約で、息子さんや娘さんが数人入ったのだが、ところがなんと、山崎さんの娘さんを入れたというではないか！正気か？　浮気相手がいる会社に自分の娘を連れてくるとは。いつどこで娘さんの耳に入るかわからないのに。もし仮に、娘さんが知っていて来たとしたら、親子揃ってふてぶてしい人間である。

でも、これは山崎さんだけが悪いのではない。いちばん悪いのはこの会社だと思う。普通採用しないだろう、この場合。なぜ断らないのか。常識がなさ過ぎる。それから大熊さんも負けじと娘さんを連れてきた。なんだか二人で張り合っているように見えた。

ある社員が、この会社は仕事とプライベートの区別がない、と怒っていたけれど、おばさん達はそれ以上にマジ切れしていた。山崎さんの評判はますます下がり、とうとう致命的な噂が出回ったのである。

課長と山崎さんが同じ日に休みだった。

「同じ日に休みなんておかしい。二人で会っているんだ。ホテルに行っているんだ」

と、若い女性パートが言い出した。その人は千葉さんという主婦で、子供が二人いる。福田さんと仲良しであり、大熊さんに可愛がられている人だった。千葉さんは前から山崎さんのことが嫌いなので、大熊さんとよく悪口やら噂話やらしていたが、大熊さんは口が軽いから、この噂はすぐに広まったのである。さすがにおばさん達が黙っていない。工場長が質問攻めにされた。

「こんな噂が出ているけど本当なの⁉」

「娘さんを入れるって何しているの⁉」

「山崎さんの旦那さんが辞めさせてくれって言った時に、辞めさせれば良かったのに」

「山崎さんがなんて言おうと辞めろって、なんで言えないの」

工場長は答えた。

「あの時辞めさせなかったことは、後悔している」

不倫や浮気が悪いと断定できるのか、正直わたしにはわからない。男女関係は簡単に割り切れるものではないと聞く。結婚していても他の人を好きになることはあるのかもしれない。単に火遊びがしたい人もいるだろうし、夫婦関係がうまくいっていなくて、よそに居場所を見つける人もいるのだろう。今の風潮からいって、不倫を容認する発言はバッシングされる。容認する訳ではなく、わたしの個人的な考え方であるが、夫（妻）以外の人を好きになることがあっても、仕方のないことだと思う。

ただし、それを表に出すのは良くない。なりふり構うべきだ。自分の責任、自分でリスクを負って、誰かを傷つけている現実を自覚するべきだ。生涯一人を愛し続け、不倫も浮気もしないのが理想だけどね……。

山崎さんを解雇しない工場長はどうだろう。ダメな人なのか？　色々挙げてみれば、リーダーとしてふさわしくない人物であることは皆知っている。けれど意外な一面がある。部下に平井君と江川君について話していた。

「二人をクビにしないでくれよ。ここを辞めたら働く場がないだろう。最後まで面倒見てやってくれ」

優しいところがあるのだ。普段あまり工場長と話さないのだけれど、わたしが衛生管理の資格を取得した時、おめでとうよくやったと、声を掛けてくれた。たとえ義務だとしても（声掛けも上司の仕事のうちだとしても）嬉しかった。なのに、優しさとだらしなさは紙一重であるようだ。

おばさんの中には上司よりも威張っている人がいて、工場長にタメ口きいたり、偉そうな態度をしたり、激しく抗議したりする人もいた。時々、工場長もキレて本気で怒鳴り、怒りまくる。こうなるのも社員全体がだらしないからである。Ｌ

社の体質に問題があるのだ。社員の中に〝上司に向かってそういう態度はやめなさい〟と注意する人がいない。普段から厳しさを見せて、けじめをつけていれば、ここまで酷くならないはずだ。要するに、この会社の社員がパートを図に乗らせているのである。呆れたことに〝ここは先輩後輩関係なく、居心地がいい〟などと勘違いしている人がいる。それが汚点なのだとわかっていない。

わたしは二十代の頃、コンピューター関連の企業にアルバイトで勤務していた。社長夫妻をはじめ、社員もパートもいい方達ばかりだった。ここでの経験がなければ今のわたしは存在しない。不器用で物覚えが遅い、口下手で人との接し方が苦手。そんなわたしに、仕事を丁寧に些細なことでもわかりやすく教えてくれた。電話の応対の仕方、ものの言い方、繊細な部分まで親切に教えてもらった。誰に対しても同じ姿勢同じ態度で接する。もちろんいろんなタイプの人がいたけれど、弱い者いじめなんかなかった。仕事に対する情熱と誠実さが伝わってくる。わたしみたいな出来損ないの人間でも変われるのだ、と前向きになれた。

若い時期にこういう会社で働けたこと、尊敬できる大人に出会えたこと、かけがえのない仲間ができたこと。生きていく上で、とても大切なことを学んだ。

いい社員がいる所にはいいパートが来る。会社というものは、いる人間次第でこんなに違うものなのか。


人材派遣会社から黒沢君という男性が短期契約で勤めていた。ある日、大熊さんに誘われて飲みに行ったという。そこには上司もいた。いわゆる大熊派のメンバーである。その飲み会は、黒沢君によると、面白くなくて行かなければ良かったというようなものだったらしい。悪口と噂話ばかりで聞いている方は楽しくもない。いちばん嫌だったのは、上司がパートに対して、浮気相手には丁度いいみたいな発言をしたことだった。この会社のパートはあまり頭のいい女はいないから、相手してあげれば喜ぶだろ、という内容だったらしい。

黒沢君は不愉快だと怒っていた。僕はこの会社に長くいるつもりはない。工場長に派遣を辞めてうちで働かないかと言われていたけど、冗談じゃない。契約期間は我慢するけど、もう来ない。

わたしは反論できなかった。正論だからだ。続けてみませんかと言えるだけのものがない。これも汚点のひとつなのだよ。

黒沢君の契約期間が終わりに近づいた頃、村本さんから声を掛けられた。会社の帰りお茶していかない？　とのお誘いであった。その日は都合が悪かったから別の日に、と断ったけれど、黒沢君の送別会をやってあげたいという話だったので、参加することにした。ただし送別会は名目で、何か話したいことがあるのは気が付いていた。もちろん、送別会をやってあげたいのも本当である。村本さんと黒沢君は一緒に仕事をしていたし、黒沢君には嫌な気分にさせてしまったので、せめて最後は楽しく送ってあげようという気持ちだった。

数日後、送別会が行われた。

参加者は四人。村本さん、浜口さん、黒沢君、わたし。浜口さんと黒沢君はお酒が強かった。村本さんはまあまあ飲めるくらいで、わたしは全く飲めない。楽しい雰囲気が流れているものの、今まで耳にしてきた村本さんの陰口が頭をよぎる。村本さんも、わたしが誰かから何か聞いていると察していたのだろう。

「あたしと浜口が付き合っているって、誰から聞いた？」

「福田さんから」

「やっぱりね」

村本さんはせきを切ったように話し出した。

「あの時あたしの方から声掛けたけど、だからって言い触らすことないのに。次の日みんな知ってたんだよ。ある人からあんたも悪いって言われた。会社の人がいそうな所でデートして、誰かに見られるの当たり前でしょ。ましてや自分から声掛けたんだからって」

それはそうである。しかし村本さんはあの時まだ、福田さんが口の軽い人だと知らなかった。運が悪かったなぁ……。

「福田さんって、バカだバカだっておばさん達に言われているよね。バカだから逆に怖い。何言うかわからないから。あたしの悪口言っているのも知ってるよ」

不満が溜まっていたのだろう。でもなぜわたしに？　わたしが福田さんに喋るかもしれないと思わないのか？　聞こうとしたその時、村本さんが言った。

「中村さんは、大熊さんに媚び売らないよね」

自分では意識していなかった。ただ関わらないようにしていただけだ。

「大熊さんにすごいイヤなこと言われた」

「？」

「あたしと浜口が付き合っているって聞いた時、え⁉　って思ったたって。あなたと仲のいい人いる？　女の友だちいるの？　って言われた」

浜口さんと大熊さんは昔から、村本さんがここに来る前から、仲がいいのだった。浜口さんにとっては大熊さんは母親代わりのような人である。浜口さんは両親がいなくて祖母に育てられた。中卒でL社に就職し、その前から大熊さんはここにいたというから、少年から大人になるまで見守ってきた訳だ。

浜口さんは言った。

「本当は、大熊さんのことはあまり好きじゃないんだよね。だけどうまくやっていかないと、仕事がやりにくくなる」

それもわかる。社員という立場上、パートの皆さんとなるべくうまくやらなければならないだろう。

「あの会社は変わっている。僕は派遣でいろんな所に行ったけど、こんなのは初めて」

黒沢君が言った。わたし達は黒沢君に今までありがとうと伝え、送別会は終わった。

黒沢君の話を聞いてからずっと考えていた。派遣の人にさえ軽蔑される会社とは何なのだろう。

〝頭のいい女はいない、相手してあげれば喜ぶ〟

笑わせないでくれ。〝同じ穴のむじな〟という言葉を知らないのか。単刀直入に言わせてもらうよ。頭のいい女性を相手にする能力があなた達にはないのだよ。〝同じ穴のむじな〟の中に、おそらくわたしも入るのでしょうが、何が悲しくて相手しなきゃいけないのですか。もしも地球上に男性が、L社の男性だけになったとしても、わたしはお断りします。一人でいる方がましです。これでも面食いなので。

そんなことを言っている暇があるなら、どうすれば会社が良くなるのか考えればいいじゃないか。真っ先に変えなければいけないのは、男性従業員のこの考え方である。そりゃ軽蔑されるわ。

全員がこんなふうではない。数少ないけれどいい社員もいる。その人達が目立たないのが残念でならない。色々な人が色々なことを言うけれど、左右されてはいけない。悪影響を受けないでいられるかどうかは自分次第である。

悪口

それから数日経ち、福田さんが話しかけてきた。送別会のことを知っている。会社の近くの居酒屋だったから、誰かに見られていてもおかしくはない。四人でどんな話をしたのか興味津々なのである。

「あたしのこと何か言ってなかった?」

福田さんは、あちこちでこれを聞いている。自分の悪口を言われていないか心配なのだ。

繰り返すようだが、わたしは思う。誰だって悪口は言われたくない。一生懸命やっているのになぜ言われなきゃいけないのと言う人や、陰で言わないで直接言えばいいのにと言う人もいる。

でも直接言われたら言われたで、それもショックだろう。逆切れされる場合もある。言う方だって、相手が不快になるとわかっているのだから、自分が悪役になる覚悟が必要である。言った結果、また陰口を言われる。言えば言われる、言わなくても言われる。延々と繰り返す。

だから、悪口を言われたくないなんて、土台無理であろう。万人に好かれるなんてあり得ない。どこかで誰かが自分の悪口を言っている。それが当たり前だ、くらいの大きな心でいればいいのだ。そもそも自分の欠点を直せる人は、言われなくても自分で気が付いて努力するものである。言われて気が付く場合もあるけれど、どちらにしても、逆切れする暇があるなら直す努力をする。

性格は直らないという説もある。事実であるけれど、直そうという気がある人とない人とでは全然違うのだ。この会社には、直そうという人はほとんどいない。

福田さんは話を変えた。

「田中さんや松岡さんって、そんなに嫌な人なの？　みんな言ってる」

みんなって何人くらいだ？　いつも同じ人じゃないか。田中さんと松岡さんとは以前一緒に仕事をしていたことがある。

「きついところはあるけど、ちゃんと仕事していれば何も言われないよ。やることちゃんとやっていれば、何かあった時フォローしてくれるよ」

わたしは事実を言っただけだが、この言葉があとで大問題になってしまうのだった。

その頃、工場では人事異動があり、渡辺さんが工場長に就任した。渡辺さんはクールであるが、勉強家で冷静沈着な人物だった。人間性も素晴らしかったし、前の工場長とは違い、依怙贔屓《えこひいき》しない、女性との変な噂は一切出ない。工場長としてふさわしい人である。

渡辺さんには引き抜きの話があったらしい。優秀な人は必ず誰かが見ているものだ。この会社にはまともな人間があまりいないので、まともな人間が正当に評価されないことが多い。理不尽がまかり通っている場所だけれど、渡辺さんは誰もが評価している。目の厳しいおばさんでさえ、昇進を喜んでいた。

それはある日突然、わたしの耳に入ってきた。

福田さんが、「中村さんが、わたしのバックには田中さんと松岡さんがついているんだ、って言った」と言い触らしているという。何それ？　と思ったが、先日の会話で福田さんがおかしな解釈をしたようである。

わたしはそんなこと言っていない。福田さんの質問に対して、田中さんや松岡さんはやることちゃんとやっていればフォローしてくれるよ、と答えたのだ。それを捻じ曲げて、変なふうにして言い触らしている。けれど聞いた人は信じる。世の中そういうものだ。嘘であれ本当であれ、そうなんだと思ってしまう。しかも、噂が広まるのは早い。止めたいけれど、一人一人にそれは違います、本当はこうですと言って回る訳にもいかない。腹立たしいが、少し様子を見ることにした。

最初は福田さんがやったことだと思っていた。しかし、実際には共犯者がいたのである。タチの悪い人で、社内でなんか変な噂が流れているなあという時には、そこには必ずこの人がいた。千葉さんである。課長と山崎さんがホテルへ行った噂を流した人だ。むしろ、この人が主犯格だと言ってもいいかもしれない。千葉さんが誰かを貶める内容を、大熊さんに話せば、大熊さんが会社中に拡散する。千葉さんはそれをわかっているのだ。例えば中村なら中村の悪口を大熊さんに話し（嘘でも作り話でも）、あとは放っておけば大熊さんが言い触らしてくれる。

つまり次のような図式が成立する。

福田→千葉と大熊→全員

または、

千葉→大熊と福田→全員

課長と山崎さんの件も、現場を見たという人は誰もいない。本人が告白してもいない。事実かどうかもわからないことをまるで事実であるかのように言う。しかも千葉さんはやり方が巧妙である。いい人を演じるのがうまい。パートさん達から好かれるために、まずはいい子になる。人気取りに成功したら、次は社員上司にいい顔をする。アイドルになり、自分の言うことは皆信用する方向へ持っていく。確かに人気があるように見えた。

村本さんとわたしが最近仲良くしていると、どこかから情報が入ったらしい。千葉さんは村本さんに、わたしがどんなに嫌な人間か話した。

〝中村さんと付き合うと大変なことになる。付き合わない方がいい〟

そう言われたと、村本さんがわたしに報告した。わざわざ報告する必要もないのだが。離れたければ離れればいいことだ。

わたしは他に仲のいい人がいたけれど、村本さんにはいなかった。正直、彼女のわがままには頭に来ることが度々あった。しつこいところも嫌だったが、共感できる部分があったし、決して悪い人間ではないので、突き放すことはできなかった。このままでは良くないと思い、はっきりとわがままだと彼女に注意した。それが気に入らなかったのか、わたしに近づかない時期があった。千葉グループに入るのかなと思っていたが、それもなく、一人でぽつんとしている時が多かった。彼女は誰か仲のいい人を作ろうとしたけれど、拒否されていたのである。村本さんの周りには一人もいなかった。

もっとも怒りを感じるのは、千葉さんである。千葉さんこそ、村本さんと仲良くしてあげるべきではないのか。わたしと付き合わない方がいいと言ったのは千葉さんなのだから。自分の発言に責任を持たないのだろうか。一人ぼっちになった村本さんを見て、知らん顔している。言うだけ言って自分のグループには入れてあげない。本音は友だちになりたくない。孤立させるのが目的だったのである。

〝卑怯〟という文字が頭に浮かんだ。頭の悪い福田さんと卑怯者の千葉さんが組めば最強になるのだ。千葉さんの作戦は感心するくらいだ。好かれている存在だから、福田さんと大熊さんをうまく利用すれば、会社の人間関係は自分の思い通りになる。詐欺師になれる程の巧妙さだ。

わたしは千葉さんと話したくなかったし、話す機会もなかった。けれど、彼女が自分の発言に責任を持たないずるい人間であると明確にわかった。それは、言葉の随所から感じ取れた。「誰々さんが○○と言うから」「みんなが○○した方がいいと言うので」ばかりで、「自分はこう思う」とは絶対に言わないのだ。責任を被らない方へと持っていく。山崎さんに対しては、男好きだの、いい年してあんな服着てだの、こてんぱんに言うけれど、千葉さんはどうか。人目に付かないトラックヤードで、男性社員の肩に腕を掛け、体を寄せて喋っているところを、たまたま通りかかったわたしと数人が目撃した。ロッカー室で若い女性達だけになった時には、Tシャツ一枚だけペロンと着て、太ももを丸出しにして、ショーツがチラ見えする格好でウロウロし、

「この格好で男性の前に出たらどうなるかなあ⁉　頭おかしくなっちゃったって思われるぅ～⁉」

と、ヘラヘラ笑っていた。人目に付かない所でやるからほとんどの人が知らないみたいだが、下品なのだ。うまく本性を隠し、作り話で信用させる。人として

も女性としても嫌いである。この人こそ同じ穴のむじなである。

あまりにもあることないこと言われるので、わたしも堪忍袋の緒が切れて、渡辺工場長に相談した。話しているうちに悔しさが込み上げてきて、泣いてしまった。泣くつもりなんてなかったのに。溜まっていたものがわぁっと出たのだ。

丁度そこへパートのおばさんが一人来て、見られてしまった。予想通り、噂はすぐに工場内に広がった。面白いのは、話の内容が二つに分かれていることだ。おばさんから聞いた者は〝泣きながら工場長と話していた〟、千葉さん経由だと〝泣きながら工場長室へ飛び込んでいった〟と聞いている。わたしが工場長室へ行くところは誰も見ていないのに、不思議である。朝早い時間、周囲に人がいないのを確認して行ったのだ。千葉さんには妄想癖でもあるのだろうか。妄想癖なのか虚言症なのか知らないけれど、迷惑をかけるのはやめてほしい。課長にしろわたしにしろ、あなたのせいで苦境に立たされているのだ。それとも何も感じないのか。

平気な顔していているから、何も感じていないのだろう。

やがて、村本さんの方からわたしに声を掛けてきた。お茶しに行かない？　と誘われて、一瞬断ろうと思った。結局、仲のいい人を作れなかったから、わたしに戻ろうとしたのである。だから利己主義だと批判されるのだ。

「話したいことがあるけど、会社では話したくない。あなたと話したい」

と言われ、迷ったが、わたしも話したいことがあったので行くことにした。G駅のカフェで聞いた話は、生涯忘れられない。

村本さんは定期的に病院へ通っている。お腹の中にいた時から無事に産まれるか危ぶまれた。産まれた時には医者から、大人になるまで生きられないと言われていた。今生きているのは奇跡だという。足が悪いのも生まれつきだ。生理がない、子供を産めないのだと話した。

わたしはパートさんの言葉を思い出していた。

「足が悪いのや病弱で大変なんだろうけど、親が〝可哀相、可哀相〟で甘やかしたんじゃないのか。あんなわがままになって」

「あの子のわがままは度を超えている。やってくれないとか、してあげたのにとか、世の中甘く見ている」

わたしがここに来たのは、付き合うのはこれで最後にしたい、と言うためであった。いつ切り出そうか考えていたが、村本さんは話を続けた。

恋愛でのいい経験がない、うまくいったことがないの。こんなに長く続いているのは浜口が初めて。職場もこんなに長くいるのはL社だけ。会社の中で自分のことを色々話せるのはあなただけ。今まで職場で友だちができなかった。すぐに人のことを疑ってしまうの。千葉さんに、中村さんがあたしの陰口言っているって聞いて、そうなんだと思ってしまった。でも知ってる？　千葉さんのことを良く思っていない人もいるんだよね。

自分のことを色々話せる相手は、その時の都合で変わるのはわかっている。されどわたしは気が付いた。これは謝っているのだ。ごめんねと素直に言えないけれど、彼女なりに懸命に謝っている。自分勝手で利己主義的な話し方だが、本心であることは伝わった。

「あたしにはあまりいい思い出がないの」

この言葉を聞いた時、衝撃を受けた。この言葉が彼女の人生の全てを語っているように思えた。

彼女自身、自分は友だちができにくい人間なのだとわかっている。推測になるけれど、今会社でやられていることが、似たようなことが、他の職場でもあったのだろう。嫌われたり、仲間に入れてもらえなかったり。彼女自身の性格が原因で、嫌なことがたくさんあったのだと思う。裏切らないのは家族だけ。良くしてくれるのは家族以外にいないのだ。

しかし彼女は明るい。前向きな面があり、今度はこうしてみようとか、今年の自分のテーマは気、やる気の気だよ、と目標を立て、努力はしている。意地悪をしたり、貶めようとしたり、そういう卑怯なことはしないのである。

謝るべきは福田さんと千葉さんだ。なんてレベルの低い人間だろう。二人とも自分が悪いとは少しも思っていないから、わたし達に謝る気はない。謝ったところで簡単に許せるはずもないのだが、どこかで、謝ってくれれば折れてあげるのにと甘い考えを持っている。わたしはつくづく人間ができていないなと、反省する。

後日、村本さんは3班から4班へ異動になった。4班のメンバーとは初めから折り合いが悪かった。4班のメンバーは彼女の欠点ばかりを見、彼女はわがままを通す。そしてある日、メンバーの一人とケンカをし、村本さんは大声で泣き喚いた。子供みたいにワンワン泣いて、工場の端から端まで響き渡った。工場長が出てきて止めに入ったというから、余程の事態が起きたのだろう。

その後、少しの間は双方おとなしくしていたけれど、彼女は決意を固め、会社を辞めた。恨みつらみを残して。新しい職場ではうまくやっていければいいのだけど。友だちも作ってほしい。が、やはり不安の方が大きい……。

浜口さんと出会えたこと以外は、ここでもあまりいい思い出を作れなかったのである。


以前、大熊さんと浜口さんが二人で話しているところを、偶然聞いてしまったことがある。

浜口は騙されている。あの子がどういう子か知っているのか。みんなから嫌われている子だよ。いいのか。彼女ができて嬉しいのはわかるけど、友だちも大事にしなきゃダメだ。

最後まで聞いてはいないが、要するに、別れさせたいのだ。浜口さんは彼女ができる前に、大熊グループとよく遊んでいた。共有した時間はたくさんある。けれど彼女ができたなら、二人の時間を大切にするのは当たり前ではないか。体はひとつしかないのだから、どちらかを選んだらどちらかを諦める。彼女を選んだからといって文句を言われる筋合いはない。大人ならプライベートな時間を尊重するべきで、自分とは機会があればまた遊ぼう、でいい。友だちも大事にする、の意味を履き違えている。

村本さんには、浜口さんだけにしか見せない顔があるみたいだ。わたしにも他の誰にも素直になれないけど、浜口さんには素直になれる。

三人でお茶していた時のことだ。村本さんと浜口さんが会話している時の、彼女の穏やかな表情。わたしも初めて見た。可愛い。心を開いている人の前では、こんなに素直で穏やかなのに。なぜ普段からもっとこういう面を出せないのだろう。

村本さんが悪く言われることに対して、浜口さんはどう思っているのか。こちらから聞いたことはない。気にはなっていたけれど、二人がうまくいっているならそれでいい。二人にしかわかり合えないことがあるのだろうから。

「あたし達って親友？」

村本さんが辞めてからの大熊さんのはしゃぎぶりは凄かった。元々大きい声が更に大きくなり、〝主《ぬし》はあたしよ〟アピールに力が入った。千葉さんは調子に乗り、徐々に反感を買われ始めていることに気付いていない。

そんなに嬉しいか、嫌いな人が辞めて。もしもあなた達が辞める時には、会社中の人が泣いて引き止めて、別れを惜しんでくれるでしょうね。無念にして辞める者がいれば、のうのうと厚顔無恥に居座る者がいる。罰も当たらずに。

こんなものだと諦め、気を取り直して、生活を続けていく。

やがて工場内では、今までの流れとは違う空気が漂っていた。何かおかしいと、パートさん達が声を上げたのである。

「大熊さんは人のことばかり言っているけど、どこから情報収集しているの？」

「千葉さんから聞いたんだよ」

「千葉さんは、なんでそんなこと知っているの？　疑問を感じないの？」

そして工場長がトドメを刺した。面接の時、千葉さんが山崎さんの時給に関して文句をつけたのである。山崎さんの時給がなぜこんなに高いのか不満をぶつけたら、工場長の逆鱗に触れた。〝そういうこと言うな！〟。かなり激しく怒られたらしい。山崎さんは千葉さんよりもずっと長くいるのだし作業が大変な部署にいるのだから、時給が高くてもおかしくないだろう。普段調子に乗っているから、面接の時にポロッと出てしまうのだ。

予想外の反応に、千葉さんは慌てたと見える。会社の人達は皆自分の味方だと思っていたのに、まさか怒られるとは。アイドルでいられなくなる。ようやく周囲の空気に気が付いたのである。〝あれ？　あたしは人気者じゃなかったの⁉〟。違和感に目をまん丸にして立ち尽くす姿は憐れだった。見開いた目は動揺していた。それまで千葉さんをチヤホヤしていた人達が、真逆の立場になったのである。

「あの子はとんでもないよ」

「わたしは何も言ってません、みたいな顔して凄いことやる」

「口がうまいから騙されるけど、犠牲者がたくさんいるよ」

　少し前までとは信じられない変わりようである。完全に立場が悪くなった千葉さんにとって、もはや味方は大熊さんだけだった。しかし、アイドルでいられなくなった会社に用はない。利用価値がない所にいる必要はない。千葉さんは会社を去った。辞めるタイミングとしては丁度いい時期だったのである。こういうタイプは場所を変えてまた同じことを繰り返すに違いない。

　千葉さんが辞めて、会社に妙な噂が流れたりすることはなくなった。あるおばさんが、千葉さんの話を信じて中村さんが嫌な人間だと思っていた、本当に申し訳なかった、と謝りに来てくれた。この人も千葉さんによる犠牲者なのである。あとで知ったことなのだが、わたし以外にも、捏造されたという人が数人いたのだった。

村本さんはお弁当屋でのパートが決まった。それと、浜口さんと結婚したという報告を受けた。わたしは祝福のメールを送った。その時は言わなかったけれど、わたしの体調はだいぶ悪くなっていて、アレルギー症状が出始め、仕事を続けるかどうか迷っていた。

工場内では二人の結婚を知り、驚きと批判が盛り上がる。悪く言う人はいるけれど、良く言う人はいない。それにしても浜口さんは男らしいと思う。周囲に何を言われても好きな人と結婚した。

結婚後も陰で、長く続くのかね？　とか、あれは別れるよとか、複数の人達が言っていた。特に大熊グループは、いいかげんにすればいいのにと思うくらいだった。何かある度に幼稚さが露骨になる。浜口さんは好きになった人に対する責任、彼女を守ろうとする強い意志があるのだと思う。彼女の欠点は誰よりも浜口さんが知っている。彼女の気持ちをいちばん理解している。最後まで別れなかったのは男として立派だったのではないか。

しかし、それはそれとして、会社の中に心から祝福してくれる人がいないのは寂しかった。


結婚は人生の最大イベントである。ゴールではなく始まり。夫という仕事、妻という仕事をこなしていく。家事もれっきとした仕事である。

専業主婦または専業主夫は、自立していないから仕事していない、という考え方があるけれど、違うと思う。家事は大変な仕事だ。家事という労働をなぜ社会がもっと認めないのだ？　専業主婦（主夫）が楽しているという概念を払拭する、家庭の中にも自立はあるのだと、尊重するべきではないのか。夫（妻）が得た給料を、責任持ってやり繰りする。思いきり外で働いて安心して家に帰ってこられるように、そういう空気を作る。子供が勉強や趣味に打ち込める環境を与える。朝、誰よりも早く起きて、部屋を暖かくしお湯を沸かし、夫（妻）や子供が起きた時には快適な状態になっている。立派な仕事ではないか。専業主婦も専業主夫も何も引け目に感じることはない。何も恥じることはない。

『女性の社会進出、誰もが輝ける社会』を掲げる一方、医療では自宅介護を促す。自宅介護となれば、往々にして女性が仕事を辞めるケースが多い。最近は個人の事情に合わせて勤務日や時間を調整してくれる企業が増えたが、十三、四年前は週五日やフルタイムでないと受け付けない企業がまだまだ多かった。デイサービスや病院などの都合で、週三日〜四日、あるいは半日なら働けるという人が続出している。その中で、企業が融通を利かせることができない。四十代、五十代ともなれば働ける場も限られてくる。企業側が世の中の流れをいち早く察知し、時代に合わせていかないと、介護している人は働きたくても働けない。

障害者雇用もそうだ。基盤ができていないところに人だけ入れても、うまくいく訳がない。心ない言動で働き手を傷つけて、働く気力を失うようなことがあってはいけない。外国人雇用もこれから色々な問題が出てくるだろう。知り合いのフィリピン人女性はスーパーで働いている。日本に馴染む努力をし、素直に明るく頑張っている。周りの人達が親切で、仕事が楽しいと言っていた。そうなるまでには苦労もあったと思う。日本で働いて良かったと言ってもらえるようになってほしい。

しばらくして、わたしの体調はかなり悪化して、喘息を引き起こした。L社を辞める決意をし、少し休んで体調が回復したら、ぼちぼち職探しを始めようと思っていた。

村本さんは新しい生活と新しい職場で忙しいらしく、連絡はご無沙汰していた。これでいい。新しい環境でうまくやっていってくれれば。便りがないのは元気な証拠。わたしを必要としないのはお互いにとっていいことなのである。

しかし見事に期待を裏切ってくれた。久しぶりに会おうというメールが来て、カフェで待ち合わせした。元気そうだが、表情はあまり明るくない。彼女は言った。

「お弁当屋で一緒にやらない？」

わたしは会社を辞めることは言っていない。だから、それとは関係なく、最初からわたしを誘うつもりで会ったのである。

即、断った。お弁当屋で働きたいと思っていないのと、知人の紹介というのが嫌いだからだ。話題を変えて、時間が経ってから、彼女はもう一度同じ質問をした。さっき断ったばかりなのに。こういうところが嫌われるのだなと、何回も感じてきた。もう一度断った。そのうちまた同じ質問をするだろう。

帰りの電車で途中まで一緒の間、意外な言葉を聞かされた。

「あたし達って親友？」

「⁉」

わたしは首を傾げたまま返事をしなかった。たちまち彼女の顔色が変わる。

返事をしないのは驚いたからだ。突拍子もないことを聞く。不意打ちである。

「あたし達って親友？」

わたしにとって彼女は会社の友人であり、それ以上でもそれ以下でもない。彼女の口からそんな言葉が出るとは考えもしなかった。

わたしが先に降りてホッとしたものの、頭の中で〝親友〟の文字が回っている。親友ってなんだ？　理解し合っている間柄？　ケンカしても仲直りできる関係？付き合いが長ければ親友？　彼女の言う親友とはどういう関係を指しているのだろう。

考えているうちに冷たい現実に気が付いてしまった。わたしは村本さんが好きではない。だから親友ではない。これが答えである。

彼女がこの質問をしたのはこれきりだった。しつこい性格の持ち主が、なぜかこれだけは最初で最後だった。

村本さんからのメールや電話はちょいちょい来るようになった。はっきりそうとは言わないのだけれど、話の内容から、お弁当屋でもうまくいっていないのが感じ取れた。話の始まりは世間話とかたわいないものだが、結局、お弁当屋で一緒にやらないかと聞いて終わる。来ないか来ないかと聞かれる度に断る。いいかげんうんざりしたので、今度はわたしの方が聞いた。

「なんでそんなに誘うの？　初めから断っているよね。もしかして、うまくやれていないの？　仲のいい人いないの？」

数秒の沈黙のあと、暗い声で、

「なんでそういうこと言うの？」

と、わたしを責めるように言った。このわがままにどれだけ付き合わされてきただろう。

今までは、付き合わされたとか付き合ってあげているとか、そんなふうに思ったことはなかった。一緒にいて楽しい時もあり、理解できる部分もあり、こちらも話を聞いてもらった。わがままだとわかっている上で、共に過ごしてきたのである。許容範囲内だったのだ。しかしこうなると、良くないことばかり思い出す。

Ｌ社では婦人子供服製造技能士や和裁技能士などの資格取得の斡旋をしており、講習が受けられる。わたしはせっかくこの会社にいるのだから、チャンスがあるならやってみようと思い、勉強を始めた。

そんな時、村本さんから、自分も資格を取りたいから上司に講習を受けられるか聞いてみてほしい、と頼まれた。でもその時彼女はすでに会社を辞めていたのだ。会社が辞めた人の面倒まで見る訳がない。すると不満の矛先はわたしに向けられ、もっと早く言ってくれれば良かったのにと愚痴ったのである。

西田さんという女性が退職することになった。年齢が近かったのでよく話す仲だったけれど、退職する三日前まで知らなかった。村本さんも知らなかったが、知っていたのに教えてくれなかったんでしょと、わたしに文句を言い、あとになって〝西田さんは誰にも言ってなかったんだって〟と笑い、ごめんねの一言もなかった。

村本さんは通信教育をやるため、教材を取り寄せた。勉強を始めてみたがよくわからない。そこで通信教育の会社に電話して、教えてほしいと申し入れたところ、こちらでは教えることはしないと断られたという。通信教育は学校や塾とは違うのだ。自分で勉強して質問があれば答えるし、勉強する上でのアドバイスはしてくれるけど、教える所ではないのである。この子は大丈夫かと閉口する。そういう人達が集っていがみ合っているのがL社である。

こんなに悪い面ばかり思い出して腹を立てている自分が嫌になってしまう。いや待てよ。許容範囲はとっくに超えていたのではないか。

自分に問いかける。

だいぶ前から嫌いになっていたのだろう？　一人ぼっちの村本さんが可哀相だと思って付き合ってあげていたのだろう？

正直に認めろ。

ああ！　わたしはもう彼女とは付き合えない。友だちをやめたいのだ。彼女に友人が一人もいなくなるとしても、同情で交友は続けられない。

刺さった刃

メールも電話も何件も来ていた。特に電話は着信がいくつになっていたか。わたしは返信をしなかった。こちらから連絡することは二度とない。

会社で浜口さんに会った時、

「気が向いたら電話してあげてね。無視されてるって思っちゃっているから」

と、わたしの気が重くならないように、明るくさっぱり言ってくれた。

だが、無視し続けないと断ち切ることはできない。

傷ついているのは自分だけだと思っているのだろう。わたしが胸を痛めずに平気でいると思っているのだろう。やられたことだけを主張し、自分が原因で人を怒らせているという自覚がないのである。

わたしは会社を辞めた。八年数ヵ月いた会社を辞めるのは少し名残惜しい気もしたけれど、清々しかった。勤めていた間に、第一種衛生管理者と和裁技能士、二つの資格を取得できた。充実していたと思う。

1班のメンバーが送別会をやってくれた。最悪な出来事もたくさんあったけれど、最後に楽しかったという気持ちで辞められるのは、この人達のおかげである。こんなにいい人達が揃っている班は他にない。頼りない先輩だったと思うけれど、協力して仲良くしてくれた。感謝している。ありがとうございました、と最後の日に深々と頭を下げた。

様々な出会いが通り過ぎてゆく。

わたしも生きにくさを感じている一人である。もしも仕事ができなくて落ち込んでいるなら、できる仕事を見つけるまで諦めないでほしい。

もしも友だちが一人もいないなら、一人で楽しめるものをやってみて、読書や映画や趣味や、やっているうちに何か身に付いていて、相手を思いやる心が持てた時、友だちができるかもしれない。

もしも自信を失くして外に出られないなら、家事をやってみるとか。掃除や料理ができるようになれば、それを活かせる仕事もある。うまくいかなくても生きてほしい。

生きていると苦しみに飲まれそうになる。世間を、誰かを憎むようなことがあったとしても、卑屈にならない。孤立しても卑屈になってはいけない。必ず見てくれている人がいるから。経験者のわたしが言っているのだ。

時代が変わろうとも、人間は根本的に変わらない。千年前の人々も人間関係に悩んでいた。

また、わたしの残りの寿命も少しずつ短くなってきている。この年になれば死が近づいてきていると感じる。生きている間に、どれだけのものが通り過ぎてゆくのだろう。

新しい仕事が決まり、研修を終え慣れるまでの間も、前ほど頻繁ではないが、村本さんから電話がかかってきていた。それがなぜかある時期から、空気が変わったというか違和感というか、電話の鳴り方が今までとは違う感じがした。着信音は同じなのに、何かが変だ。切羽詰まったような必死みたいな、なんだろうこの感覚は……。

それでも出なかった。彼女はわたしを当てにしてはいけない。世の中には関ってはいけない人間がいる。冷たいと思われようが、憎まれようが、離れなければいけない時がある。わたし達二人の最善の道は、一生付き合わないことだ。

やがて、メールも電話も来なくなった。

それから約二年。久しぶりにL社のパートのおばさんとお茶する約束をした。とてもお世話になった方で、しかも情報通だった。あまりおいしくないカフェで、まずいわりにかなり値段の張るコーヒーを飲みながら、近況を聞いた。

「浜口さんがね、ごく一部の人にしか言っていないから言わないでくれって。内緒にして。知らないことにしてほしい」

「はい」

「村本さんが脳出血で倒れたのよ。今は寝たきりになっている」

「村本さんて、あの村本さん？」

「そう、あなたと仲良かった村本さん。目が見えない、口が利けない。もうずっとこのままだって」

何が起きたのだ⁉　体中、刃物で刺されたようだ。彼女を見捨てた罰なのか。

「こんなことになるなんてね……」

痛い、痛い、張り裂けそうだ。

「浜口さんが可哀相でね」

痛みのあとに怒りが込み上げてきた。

「どうして、村本さんだけがこんな目に遭わなきゃいけないんですか」

やっとの思いで口を開いた。おばさんは詳しい事情を語る。わたしの中で辻褄が合った。倒れたのは最後の電話から約二週間後。家には村本さん一人で誰もいなかったため発見が遅れた。見えない、話せない、動けない。機械で呼吸をしているだけ。静かに死を待っている。

『今生きているのは奇跡』

『あたしにはあまりいい思い出がないの』

彼女の声と、最後の着信音が蘇る。わたしに知らせようとしていたのかもしれない。自分の体に異変を感じて、助けを求めていたのかもしれない。あの時、電話に出ていれば助けられたのだろうか。お見舞いに行けたなら……。ダメだ。内緒にしてほしいことをわたしが知っているとなれば、浜口さんは気分を害する。もしも行けたとしても、彼女はどう思う？　今更何しに来たんだと追い返される、きっと。

寝たきりだからといって、わたしが行ってもわからないからといって、のこのこと出向いて動けなくなった彼女の姿を見るなんて、無神経じゃないか。どういう状態でも生きているのだ。心があるのだ。わたしになんて会いたくないだろうな……。

一人になり、冷静さを取り戻した。あの時、電話に出ていたとしても結果は同じであったろう。助けられたかもしれないなんて、思い上がりだ。

わかってはいるが、そう思わずにはいられない。あの時の電話に切迫したものを感じたのは確かである以上。

不思議な感情が湧いてきた。彼女の悪口を言っていた人達を思い出したりすると、非常に腹が立つ。あなた達は何を知っているのだ。向き合おうとしたことがあるのか。努力していたことを知っているのか。嫌うだけで、ほんの少しでも理解しようとしなかった連中である。

なぜ、わたしは彼女のために怒っている？　嫌いなはずなのに。もっと楽な付き合い方もできたのではないか。皆と同じようにもっと早く切り離せば良かったのではないか。できなかったのは、声にならない悲鳴が聞こえてしまったからだ。これはわたしが勝手に思っていることで、彼女は勘違いだと否定するかもしれない。誰もそんなに重く受け止めていないよと。けれど表情や言葉の端々に、悲鳴を上げていたのではないかと、今になって思う。自分で自分をこじらせてしまう、どうしようもない自分。かつてわたしがそうだったように。救ってくれたのが二十代の頃出会った仕事仲間である。

残念ながら、わたしには村本さんを救う力がなかった。自分が救えるなんておこがましいけれど、少しの力にもなれなかった。せめてベッドの上で心安らかに過ごしてほしい。人は好き嫌いだけでは割り切れないのだ。わたしのことは許してくれないだろうけれど。

胸の奥に引っかかったまま、三年が経っていた。情報通のおばさんからメールが来た。

『村本さんが亡くなりました』

わたしは落ち着いて穏やかに受け入れられた。


二〇一七年五月。

いつか彼女と二人で来た駅ビルの屋上。今日は一人で来ている。屋上の遊園地で遊ぶ子供達。見下ろす街並み。L社の方角を見た。

オレンジの香りを思い出す。この悲しみは怒りと痛みの塊だ。刺さった刃は刺さったままで生きていくしかない。無理矢理取ろうとすれば傷口が広がる。愚かさも後悔も失望も、全部抱えて生きていく。

終

あとがき

ハッピーエンドにしてたまるか。

この物語を書くにあたり、心に決めていたことでした。作中の人物達は、〝わたし〟を含め、影の存在です。

光が射すことのない場所で必死に生きている。世間から浮いているように見えても、普通の人々と同じように、喜びや悲しみや笑いがある。

そこに本質があるのではないか。

心の叫び、悪意、優しさ、真実みたいなもの、が垣間見える。それを描きたい、描くことができたなら。そんな想いを託して、この作品を書きました。

若き日のアルバイトから最近のパートまで、行く先々で、いろいろな人と出会い、いろいろなことを感じ、ドラマになり、物語が出来上がりました。自分の中に積み重なったものがずっとマグマのように煮えたぎっていて、ある日噴火した、そんな感覚です。書きたいというより書かずにはいられない。そう、書かずにはいられませんでした。

これは戦いの話です。何かを背負って生きていくことも、ひとつの戦いなのだと思います。だからこの物語は、ハッピーエンドにしないのが正しい終わり方なのです。

今回、一冊の本になることができました。その過程で、たくさんの方々にご支援いただきました。文芸社出版企画部の飯塚孝子さん、同じく編集部の宮田敦是さん、このお二方をはじめ、お力添えをしていただいたすべての方々、読んで下さった方々、この場を借りてお礼を申し上げます。感謝をこめて、ありがとうございました。

著者プロフィール

中村 椿（なかむら つばき）

1967年生まれ

東京都出身、在住

オレンジの香り漂う中で

2019年７月15日　初版第１刷発行

著　者　中村 椿

発行者　瓜谷 綱延

発行所　株式会社文芸社

〒160-0022 東京都新宿区新宿１－10－１

電話 03-5369-3060（代表）

03-5369-2299（販売）

印刷所　株式会社フクイン

ISBN978-4-286-20697-4